GUÍA DE LECTURA

Escrita por Hadrien Seret
Traducida por María Olivera Álvarez

La Ilíada

de Homero

Entiende fácilmente la literatura con

ResumenExpress.com

www.resumenexpress.com

HOMERO

POETA GRIEGO

- **Homero habría vivido en el siglo VIII a.C.**
- **Sus obras:**
  - *Ilíada*, epopeya
  - *Odisea*, epopeya

Se conocen muy pocas cosas respecto a Homero. Y debido a esa falta de información, numerosos especialistas se han cuestionado su existencia real. Por eso, cuando queremos hablar de la vida de Homero, nos encontramos frente a dos puntos de vista:

- uno que considera que Homero existió. Se le presenta como un aedo, es decir, un poeta que contaba historias, que habría vivido entre los siglos VIII y VII a.C. y que sería el autor de la Ilíada y la Odisea;
- otro que considera que Homero no existió y que el nombre de Homero tan solo sería una apelación para designar a un grupo de aedos que habría compuesto las dos obras que se le atribuyen.

A día de hoy, este debate sigue vigente y cada facción dispone de argumentos válidos.

ILÍADA

ENTRE HISTORIA, MITO Y LITERATURA

- **Género**: epopeya
- **Edición de referencia**: Homero. 2004. *Ilíada*. Traducido por Luis Segalá y Estalella, introducción de Javier de Hoz. Madrid: Espasa-Calpe, colección *Austral*
- **Escrito hacia:** siglo VIII a. C.
- **Temáticas**: guerra de Troya, amor, muerte, heroísmo, astucia, mitología

La *Ilíada* (cuyo nombre deriva de Ilión, otra denominación para la ciudad de Troya) es una epopeya griega divida en 24 cantos que narran la guerra que enfrentó a griegos y troyanos durante diez años y que ponía en juego a Helena, la mujer de Menelao, capturada por Paris, hijo del rey de Troya Príamo.

Esta lucha permite que el aedo se entretenga en las proezas de los héroes de los dos campos en una batalla en la que coraje, valentía y lo sobrenatural-divino se entremezclan. El resultado es una crónica que, debido al poder de evocación de las escenas descritas al lector, se ha asegurado su posterioridad, con consecuencias visibles incluso hoy.

RESUMEN

CANTOS 1-7

Desde que Agamenón, jefe de los griegos (también denominados en el relato «dánaos», «aqueos» o «argivos»), ha capturado como botín a la joven Criseida y se niega a devolvérsela a su padre a cambio de un rescate, Apolo envía una peste y diezma sin descanso las tropas aqueas. Tras recibir un turbulento consejo y presionado por Aquiles, el rey griego termina cediendo su tesoro femenino para contener la plaga. Sin embargo, basándose en su superioridad sobre sus iguales, hace suya a Briseida, recompensa de Aquiles, para compensar su pérdida. Este último, humillado, se enfrenta a Agamenón y anuncia que no luchará más hasta que se le devuelva lo que es suyo.

Poco después de que Aquiles se vaya, la batalla se reanuda: les griegos toman posiciones bajo las órdenes de su jefe (a pesar de que Zeus le había aconsejado en un sueño que se retirara), mientras que los troyanos (también denominados «dardanios» y aliados de los tracios, los licios y los frigios), al mando de Héctor, salen de su ciudad para luchar. Los dos ejércitos se encuentran. En medio del tumulto, Héctor increpa a Paris Alejandro, el responsable del conflicto, por su falta de valentía. Preocupado por evitar una masacre, Paris pide una tregua y propone un duelo a Menelao (de cuya esposa Helena se ha apoderado) para resolver sus disputas y, así, el conflicto: el vencedor se llevará a la mujer y un acuerdo amistoso unirá a los dos pueblos. Menelao vence con creces en la lucha y la paz parece próxima. Pero Hera, esposa de Zeus, desea que la ciudad troyana sea destruida. Mediante Atenea, incita al troyano Pándaro a que ataque cobardemente a Menelao, lo cual rompe los discursos de paz y desencadena otro enfrentamiento. Los combates se reanudan: Hera y Atenea ayudan a los griegos y Ares y Apolo, a los troyanos. El griego Diomedes y el troyano Eneas destacan en luchas que solo terminan con el duelo singular entre Áyax y Héctor, y que no tiene vencedor. Una nueva tregua es acordada para que los dos campos tengan tiempo para encargarse de sus muertos.

CANTOS 8-10

Comienza un nuevo día de combates. Si bien Zeus ha prohibido a los demás dioses que se involucren en la batalla, él hace que la balanza se incline a favor de los troyanos, que alcanzan las murallas del campo de los griegos. Ante esta masacre, Atenea y Hera deciden saltarse las órdenes del jefe del Olimpo y socorren a sus protegidos. Pero Zeus se da cuenta de sus intenciones y las llama rápidamente al orden. Al caer la noche, los troyanos deciden acampar cerca de las naves de sus enemigos para no perder la ventaja ganada sobre el campo de batalla.

Agamenón, desesperado, se plantea volver a Grecia pero sus homólogos se oponen. Entiende que no puede ganar si Aquiles no participa en el conflicto, así que decide restituirle lo que es suyo para convencerlo de que retome las armas, pero este rechaza su propuesta.

Agamenón envía a Ulises y Diomedes para que vigilen el campo de los troyanos, para descubrir cuáles son sus intenciones. En el camino capturan a Dolón, un espía troyano enviado por Héctor, y lo ejecutan. Más tarde, aprovechando que es de noche, causan una masacre de los tracios, aliados de sus enemigos, y vuelven a sus campamentos provistos de numerosos caballos.

CANTOS 11-15

Impulsados por este éxito, los aqueos vuelven al ataque con más fuerza: los troyanos se ven obligados a retroceder hasta las puertas de su ciudad. Pero Héctorsigue los consejos de Zeus ycontraataca (aprovechando que Agamenón está herido). Otros valerosos héroes griegos, al ser heridos, se retiran de la lucha. La respuesta troyana lleva a los griegos a defender heroicamente las murallas de su campo. Sin embargo, Héctor, ayudado por los Dioses, logra crear una brecha tras el lanzamiento de una enorme piedra y los troyanos cruzan las murallas.

Viendo la derrota de los griegos, Poseidón los apoya y estos vuelven a estar en ventaja ante sus enemigos. Por suerte, Zeus, por un presagio, entrega valentía y cede más ventaja a los troyanos. Al darse cuenta de que la situación está empeorando, Agamenón piensa de nuevo abandonar Troya. Sin embargo, Poseidón, a la vez que concede heroísmo a los aqueos, le asegura que vencerá próximamente. En cuanto a Hera, neutraliza a Zeus llevándolo a entregarse al amor y al sueño en sus brazos. El destino de la batalla se transforma a favor de los griegos, quienes hacen retroceder a los dardanios e incluso logran herir a Héctor, quien debe retirarse de la batalla.

Cuando el jefe del Olimpo se da cuenta del engaño de su mujer ordena a Poseidón que abandone el campo de batalla mientras que él mismo otorga la superioridad en armas a los troyanos.

CANTOS 16-23

Patroclo, apreciado compañero de Aquiles, asiste a la derrota de los aqueos y pretende ayudarlos. Patroclo suplica a Aquiles, quien cede: llevará las armas del héroe y dirigirá a sus mirmidones para que el ataque troyano retroceda. Los troyanos creen que Patroclo es el mismo Aquiles y este provoca una masacre en las filas de los dardanios, aunque es asesinado por Héctor, recuperado gracias a Apolo. Entonces estalla una lucha por su cuerpo muerto, que finalmente es conquistado por los griegos, aunque Héctor se ha hecho con el mando.

Informado de la muerte de Patroclo, Aquiles quiere vengar

a su amigo y matar al príncipe troyano. Se reconcilia con Agamenón, le ordena a Hefestos que le forge nuevas armas y parte a combatir, si bien los signos que anuncian su muerte cercana se multiplican. El héroe provoca una masacre en una batalla a la que los dioses asisten de nuevo. Salvado una primera vez por Apolo de los golpes de su rival, Héctor se decide a enfrentarse a Aquiles. Al verlo, le entra miedo y huye, y finalmente se une al combate y muere. En un último suspiro, Héctor profetiza que el asesino de Aquiles será Paris Alejandro.

Pero al héroe griego le es indiferente: ata el cadáver de Héctor a su carro y hace que muerda el polvo hasta el campo de los griegos. Allí, preside la ceremonia y los juegos funerarios en honor de Patroclo. Los días siguientes también arrastra el cuerpo de Héctor alrededor de la tumba de su amigo para ensuciarlo más. Zeus desaprueba este comportamiento y hace que Príamo y Aquiles se encuentren en la noche para hacer negociaciones. El cuerpo del príncipe troyano es devuelto a su padre y se acuerda una tregua de doce días para proceder al funeral de Héctor, en Troya.

ESTUDIO DE LOS PERSONAJES

En una epopeya tan rica en actores, es difícil elegir los personajes que deben analizarse en profundidad. ¿Se debe privilegiar la cantidad frente a la calidad? Este es un dilema bien complejo puesto que muchos de ellos –como Eneas, Agamenón o Ulises– van a tener gran importancia en el desarrollo de la literatura occidental. Por nuestra parte, hemos decidido limitarnos exclusivamente a Aquiles y Héctor, tanto héroes por excelencia de la epopeya como motores ineludibles de la narración.

AQUILES

Hijo de la diosa Tetis y del rey Peleo, Aquiles es uno de los personajes principales de la *Ilíada*. Cuando nació, su madre lo sumergió en las aguas de la laguna Estigia, convirtiéndose así en un ser invulnerable, excepto en su talón (el famoso «talón de Aquiles»).

«Canta, oh diosa, la cólera del Pelida Aquileo» (Homero 2004, canto 1): estas palabras que marcan el principio de la epopeya resumen por sí mismas la importancia del personaje. De hecho, todo el desarrollo de la guerra de Troya tal cual aparece narrada en la *Ilíada* está marcado por la rabia del héroe griego: ese sentimiento hará que Aquiles se oponga a la superioridad de Agamenón y rechace participar en los combates, lo cual provocará un giro en el destino del conflicto a favor de los troyanos. Pero también es el motor de su reaparición con la muerte de Patroclo; una reaparición que significa pura y llanamente el fin de Ilión.

Aquiles es la pieza clave del ejército de los aqueos y él lo sabe. Consciente de su valor, presiona a su madre en el canto 1 para convencer a Zeus de que cause graves pérdidas en su campo para que todos se den cuenta de las consecuencias de su ausencia. Orgulloso e irascible, el héroe griego también es egoísta. Si los diversos homólogos de Agamenón demuestran cierta solidaridad entre ellos (por ejemplo la complicidad entre Ulises y Diomedes en el canto 10 o también la alianza de los dos Áyax para intentar conservar el cuerpo muerte de Patroclo en el canto 17), el hijo de Peleo actúa por su propia cuenta y guiado por su propio interés: no se conmueve ante la situación desfavorable de sus aliados (en el canto 16 dice: «¿O lloras quizás porque los argivos perecen, cerca de las cóncavas naves, por la injusticia que cometieron?»), todo lo contrario que su amigo Patroclo, a quien le permite con pena que luche con sus armas. Nos daremos cuenta, de hecho, de que es la muerte de este último y su consecuente dolor personal en el corazón de Aquiles lo que lo llevará a retomar el combate. Además, el objetivo de su reaparición no se debe tanto a ayudar a Agamenón sino a saciar su deseo de venganza hacia Héctor.

A pesar de esta personalidad belicosa, Aquiles se presenta como el héroe homérico por excelencia: reconoce la valentía como un valor fundamental, es capaz de sentir pasiones humanas, como la bondad (pensemos en la generosidad de sus obsequios en los juegos funerarios), está dotado de la nobleza inherente a su rango real y provisto de una característica que le es propia: es invencible.

HÉCTOR

Hijo del rey Príamo, Héctor es el jefe del ejército troyano y su mejor guerrero. Es temido por todos los griegos, excepto Aquiles, su enemigo por excelencia.

A primera vista Héctor se parece al hijo de Peleo: tanto los aqueos como los troyanos reconocen su bravura. Es consciente de que cuenta con un prestigio inconmensurable en su campo, lo que le otorga un poder de decisión considerable. Además, uno de sus valores fundamentales es la valentía.

Pero en realidad, el héroe troyano es muy diferente de su homólogo griego: él es «humano». Para empezar, en el sentido directo del término, es decir, que se trata de un simple mortal: ninguno de sus padres es un dios que pudiera concederle alguna ventaja; él tan solo debe su gloria a su valentía.

Lo que es más, su humanidad se ve reforzada por la descripción de las escenas de su vida privada dentro de Troya (Homero 2004, canto 6). De hecho, es el único personaje que Homero evoca en otro ejercicio distinto a la guerra. Esta elección, está claro, no es anodina: se trata de destacar todos los personajes que aprecia el héroe –sus padres, su mujer, su hijo– para acentuar el lado trágico de su muerte. Además, este retrato permite justificar la pasión con la que Héctor defiende su ciudad. Así, a diferencia de los héroes griegos que son extraños a la tierra que combaten y que tan solo pueden perder su vida, él, el jefe troyano, carga sobre sus hombros el destino de toda una ciudad. No actúa de forma individualista o en su propio beneficio como Aquiles.

En lugar de esbozar un retrato moral de este personaje perfecto en todos los aspectos, el autor ha otorgado a su héroe un carácter matizado que contribuye a humanizarlo aún más. De esta forma, Héctor puede ser bueno incluso hacia sus enemigos (canto 7 cuando elogia la valentía de Áyax y le promete que entregará su cuerpo a los suyos si muere; algo que no hará Aquiles, por ejemplo), pero también es capaz de cometer errores humanos (hace caso omiso a las sugerencias de Polidamante en el canto 18 y no tiene en cuenta las súplicas de Príamo para que no luche contra Aquiles). Y el error de enfrentarse a Aquiles será fatal, para él y para su ciudad; porque Héctor es el emblema de la resistencia de Troya, el alma de su defensa. Si el héroe vacila, todo el ejército tiembla (Homero 2004, canto 14). De esta forma se entiende mejor por qué la desaparición del héroe firma la sentencia de muerte simbólica de la ciudad de Troya.

CLAVES DE LECTURA

DE UNA «REALIDAD HISTÓRICA»...

Debido al gran éxito literario sin precedente en Occidente que ha conocido la *Ilíada*, los científicos se han cuestionado acerca de la naturaleza de las fuentes de inspiración de Homero (o de los autores tras este pseudónimo).

Rápidamente, las excavaciones realizadas en Hisarlik (Turquía) permitieron asignar una existencia arqueológica a la ciudad de Troya y especialmente datar su destrucción en el siglo XIX antes de nuestra era, ¿pero a manos de quién? La hipótesis más defendida generalmente es que la ciudad fue sitiada por los aqueos provenientes de Micenas, el reino que dominaba Grecia en la época (y la patria de un tal... Agamenón).

...AL MITO: EL TRABAJO «LITERARIO» DE HOMERO

Debido a la distancia –tanto cronológica como geográfica– y a su importancia, este acontecimiento fue seguramente transmitido oralmente y, más tarde, teniendo en cuenta el modo de transmisión de las historias en aquella época, habría sido deformado progresivamente hasta convertirse poco a poco en una o varias leyendas, y por último algunos aedos se las habrían apropiado.

La originalidad de la narración

Esta práctica de readaptar un mito implica que no podamos considerar a Homero como un autor en el sentido moderno del término. Está claro que esto supondría una originalidad total a nivel de contenido, y este no es el caso, evidentemente.

Por tanto, la originalidad de Homero solo puede expresarse mediante la narración de los hechos. Esta práctica reviste una importancia capital en la sociedad griega de la época cuya comunicación por excelencia se basaba en la oralidad, incluyendo las obras literarias. Estas eran transmitidas por un aedo que declamaba el texto ante una asamblea; estaban redactadas en hexámetros dactílicos (esto es, versos de seis pies) y los textos podían llegar a recitarse durante varios días, en función de su longitud.

Dada la importante cantidad de peripecias que tenía que contar, el orador debía poseer una excelente capacidad de memorización. Para ayudarse en esta tarea, recurría a algunos artificios cuyas huellas encontramos en la *Ilíada*. El más célebre es sin ninguna duda el epíteto homérico, un procedimiento estilístico que también aparece en la Odisea, y que consiste en dotar a un personaje de una característica precisa y repetirla sin cesar de forma que surja una expresión fácil de memorizar. Por ejemplo, el alba siempre está provista de «rosáceos dedos», mientras que Agamenón aparece frecuentemente calificado como «pastor de hombres». El empleo de anáforas, así como el empleo de un mismo texto en discurso directo y en discurso indirecto en función de los protagonistas, también son moneda corriente (pensemos, por ejemplo, en la descripción del sueño de Agamenón y la evocación del rey al consejo, que son formuladas en términos idénticos en el canto 2).

La importancia de la coherencia y de la claridad

Al declamar su historia al público, el aedo debía prestar atención a la coherencia así como a la claridad de su relato, de tal forma que su auditorio tuviera una visión clara de las cosas. La coherencia es, de hecho, un aspecto importante de la declamación: se trata de presentar a los espectadores acontecimientos lógicos y lo suficientemente verosímiles para que se los puedan creer. En la *Ilíada* esto se traduce especialmente en una marea de detalles ciertos que rozan a menudo lo morboso: cabezas cortadas, sangre que fluye a raudales, cerebros que se desparraman sin escrúpulos, etc. aparecen en gran número y garantizan cierta veracidad al sorprender a los receptores.

En cuanto a la claridad del relato, esta se encuentra garantizada, entre otros aspectos, por el empleo de metáforas que remiten a la vida diaria y que permiten al público conceptualizar la intensidad de una acción, por ejemplo: «Como un montaraz león, [...] coge [...] la mejor vaca [...], y, despedazándola [...]; y así los perros como los pastores gritan mucho a su alrededor, pero de lejos, sin atreverse a ir contra la fiera [...], de la misma manera ninguno tuvo bastante ánimo en su pecho para salir al encuentro del glorioso Menelao» (Homero 2004, canto 12).

La intervención de lo maravilloso

Esa preocupación por la coherencia no impide para nada que haya elementos sobrenaturales en la narración: lo maravilloso se traduce en la irrupción de los dioses dentro del texto. Omnipresentes, las divinidades duplican las descripciones de combates presentes en la obra, ya que cada lucha entre humanos es símbolo de un conflicto entre seres divinos. Además, sus espectaculares acciones, que se dan a menudo en momentos críticos de la intriga, contribuyen a aportar un suplemento de interés y de extravagancia en la historia. Pues las divinidades en la *Ilíada* se ven sacudidas por la paradoja de causar terror por su majestuosidad y de desorientar por su ridiculez. Zeus es el ejemplo perfecto de esto: es el rey de los dioses pero ve cómo su autoridad es constantemente desafiada por su súbditos divinos (Poseidón, Hera, Atenea, etc.); puede, por su propia voluntad, conceder la victoria a los troyanos, pero se ve lamentablemente envuelto en las artimañas de Hera, etc.

La presencia de los dioses (o de sus hijos mortales en el campo de batalla) es también la ocasión para que Homero nos remita a numerosos episodios mitológicos conocidos por su público, pero que hacen que ciertos pasajes sean difíciles de descodificar por el lector sin conocimientos sobre la mitología griega.

POSTERIORIDAD DE LA ILÍADA

La popularidad y el final abierto de esta epopeya dio lugar rápidamente a numerosas obras relacionadas, algunas de las cuales han tenido repercusiones considerables. Cabe destacar la *Eneida* (siglo I a.C.) de Virgilio, quien propulsó a Enea hasta el rango de fundador de Roma y confirma la caída de Troya. Mil años más tarde, las denominadas novelas «históricas», como la *Novela de Troya* (1150) o la *Eneida* (1160), se inspiraron en el universo de Homero para dar a la lengua francesa sus primeras novelas en lengua vulgar. En el siglo XVII, la obra *Andrómaca* (1667) de Jean Racine, continuación trágica de la *Ilíada*, triunfa. Del mismo género y más cercano a nosotros, *No habrá guerra de Troya* (1935) de Jean Giraudoux advierte a sus contemporáneos de los futuros conflictos que están por venir mediante una acción que se desarrolla en la Troya homérica. Por último, en la literatura italiana, Dante hace hablar a Diomedes y Ulises, encerrados en el círculo de los falsos consejeros, en el canto 16 del *Infierno*.

PISTAS PARA LA REFLEXIÓN

ALGUNAS PREGUNTAS PARA PROFUNDIZAR EN SU REFLEXIÓN...

- Compare las descripciones de la construcción de las armas de Aquiles en el canto XVIII y de las de Eneas en el libro 8 (versos 627-732) de la *Eneida*. ¿Cuáles son las similitudes y las diferencias tanto a nivel de los actores como del material utilizado?
- Seleccione algunas metáforas de acción en el texto y explique su importancia en la *Ilíada* y también para su público.
- ¿Qué es una epopeya? ¿Por qué podemos afirmar que la *Ilíada* pertenece a este género?
- Compare los funerales de Patroclo y de Héctor: ¿en qué se aprecia una clara diferencia entre troyanos y aqueos?
- ¿De qué forma Paris, por su actitud, logra que las dos facciones enfrentadas lo odien?
- ¿Por qué podemos afirmar que lo único que Príamo tiene de rey es el título? ¿En qué aspecto refuerza esta idea el canto 23?
- Extraiga algunos fragmentos de la *Ilíada* que destaquen el hecho de que Héctor es el alma y el emblema de los troyanos durante este conflicto.
- Demuestre por qué el encuentro entre Hera y Afrodita en el canto 14 constituye un súmmum de hipocresía y de extravagancia/grosería.
- ¿Representa Agamenón a un jefe ejemplar y carismático o más bien a un cobarde que únicamente tiene poder porque cuenta con el respeto de sus iguales? Justifíquelo.

¡Su opinión nos interesa!
¡Deje un comentario en la página web de su librería en línea,
y comparta sus favoritos en las redes sociales!

PARA IR MÁS ALLÁ

EDICIÓN DE REFERENCIA

- Homero. 2004. *Ilíada*. Traducido por Luis Segalá y Estalella, introducción de Javier de Hoz. Madrid: Espasa-Calpe, colección *Austral*.

ESTUDIOS DE REFERENCIA

- Carlier, P. 1999. *Homère*. París: Fayard.
- de Romilly, J. 1992. *Homère*. París: PUF, colección *Que sais-je?*
- de Romilly, J. 1997. *Hector*. París: Éditions de Fallois.
- Gandon, O. 1998. *Dictionnaire de la mythologie grecque et latine*. París: Hachette, colección *Le Livre de Poche*.
- Robert, F. 1950. *Homère*. París: PUF.

ADAPTACIONES

La *Ilíada* ha sido objeto de numerosas adaptaciones cinematográficas. La más reciente, la película Troya (Estados Unidos, 2004) de Wolfgang Petersen, propone una visión bastante espectacular de los acontecimientos, si bien debe alejarse bastante de la trama en la obra original.

EN RESUMENEXPRESS.COM

- Guía de lectura de La Odisea de Homero.